Arkadi

Joni Järvi-Laturi

1 PASILAN KIRJA

1. Satoi. Oli pimeä myöhäisilta.
2 Luiseva Mika kulki repussaan pokkarikirja,
jossa oli sateen kuivattamat sivut. Hän kulki
Helsingin Pasilassa sijaitsevaan kolmitoista-
kerroksiseen tornitaloon. Tornitalo oli
syrjäisessä paikassa Pasilassa.
3 Mika oli soittanut tunnetulle kristitylle radio-
juontajalle. Juontaja auttoi ihmisiä, joilla oli
sinä hetkenä ongelmia tai murheita. Juontaja
valvoi tässä asunnossa tänä iltana. Hän oli
tunnettu valvomisestaan, unirytmiensä
tahallisesta heittelehtimisestä. Se teki hänestä
vapaamman ihmisen kuin monet muut
sillä se ei häirinnyt häntä ollenkaan ja hän
osasi sovittaa sen elämiseensä. Juontajan
nimi oli Tuomas ja hänet tunnettiin mystikkona
sekä myös nautiskelijana. Hän poltti asuntonsa
parvekkeella usein sikaria. Tuomas oli se
joka asui kolmannessatoista kerroksessa.
Mikalla oli hänelle paljon kerrottavaa. He
olivat sopineet tapaamisen täksi yöksi.
Olihan Tuomaksen ja Mikan välille
syntynyt henkinen side radio-ohjelman kautta.
4 Kun Mika saapui Tuomaksen toimistoon
hän huomasi kuinka se todellakin oli
kuin toimisto. Laaja, tummanpuhuva,
pelottava toimisto, aivan yön sydämessä,
laitamilla, kun koko Suomi oli nukkumassa.
Olohuoneen vasemmassa nurkassa oli pehmeä,

sininen sohva, jossa potilaat saattoivat usein
tultuaan maata. Mika halusi mennä maate
siihen sillä oli melko väsynyt ja hänen selkänsä
oli kipeä.

”Outoa. Muistan siitä paikasta ehkä jotain
30 prosenttia. Tai, oikeastaan kaikista niistä
tuhansista valokuvista, yksityiskohdista,
ihmisistä, puheista, kohtaamisista muistan
vain 10 prosenttia sillä niitä oli niin valtavasti.”

”Haluatko kuulla tarinan? Tai oikeastaan,
tämä on kertomus, suuri eepos.”
”Millainen tarina? Suuriko?”
”Kyllä. Se kattaa koko elämäni, tähän asti
ja tulevaisuuteen asti myös.”
”Tulevaisuuteen? Mihin asti?”
”Annan sinulle vuosilukuja 2030, 2042, 2050
muun muassa. Aion kuvata koko elämääni.
Sinähän pidät tarinoista. Aion ennustaa
elämäni tulevaisuutta. Tämä on suuri elokuvani.”
Tuomas otti huikan turkkilaista kahvia.
Sitten hän totesi:
”Kerro se minulle niin yritän ymmärtää.”
Mika totesi:
”Tässä on kaikki. Koko elämäni.”

2 NUORUUDEN ALKUKIRJA

1 Vuoden 2009 lopussa Käpy aloitti toimintansa.

Käpy jakaantui eri haaroihin, eri
ihmisten haaroihin, niiden sivuhaaroihin,
eri tarinoiden haaroihin, niiden sivuhaaroihin
sekä eri paikkojen ja tilojen haaroihin,
valtaviin vuosikymmeniin Kävyn tarinan
kulkiessa koko ajan eteenpäin.

Ensimmäisenä päivänä paikkaan saapuivat Mehmet,
Ville, Timo, Antti ja kuukauden päästä heidän
jälkeen minä eli Mika.

Vuonna 2010 saapuivat Johanna ja Tytti, kaksi
pitkäaikaista naiskävijää, joiden persoonallisuuden
tulin tuntemaan kauniina muistona. Toki paikkaan
ilmestyi muitakin ihmisiä mutteivät he jättäneet sieluuni
samanlaista jälkeä. Johanna oli aina kohtelias ja
ystävällinen, aistikas ja naisellinen nainen, joka
oli aina kiltti mutta hänessä oli jotain kaunista
ja hyvää, juuri hyvyyteen perustuvaa kauneutta,
viattomuuden ja puheliaan huolenpidon äidillistä
kauneutta. Tytti oli taas vieläkin unohtumattomampi,
elämäni unohtumattomin nainen. Hän oli huumetrippi,
kokonainen universumi, ihana pilvityttö. Ja hän oli myös
kaidan tien kulkija, laitamien tyttö, nurjien puolien
kasvatti.

Kävyssä kävi kuuden ja puolen vuoden aikana,
eli vuosina 2009-2016 luultavasti noin tuhat
ihmistä. Siellä otettiin samana aikajaksona
luultavasti noin 10 000 valokuvaa. Se eli ja
elää vieläkin ihmisten kautta.

Kävyllä oli oma iltakerhonsa, ravintolan tai
yökerhon kaltainen tila, jossa jäsenet kävivät
joskus viettämässä iltaa ja yötä. Siellä oli aina
pianisti ja usein bändi, joka viihdytti asiakkaita,
jotka saattoivat pelata biljardia, keskustella ja
nauttia musiikista.

Kerhon nimi oli Vaahtera ja se perustettiin
vuonna 2012 Kävyn nuorten toimesta. Se oli
iso tila, jossa ihmikohtalot risteilivät romanttisen
tunnelma äärellä. Kaikki oli romanttista, ei
arkista, siellä. monesti jopa eksoottista ja ylvästä.
Tampereella oli monia paikkoja, joissa saattoi
viettää yhteisöllisesti aikaa, mutta Vaahtera oli
vain ja ainoastaan illanvieton paikka.

Kävyn rinnakkaispaikka oli Askel-kurssi.
He kävivät bussilla Euroopan halki 2007.
Kun minä olin armeijassa.

IHMISTEN KIRJA

1 Laura:

Minä tunnen kaikki tässä kaupungissa.
Tunnen Henrin ja Elisan, kolme molempia,
Tunnen Eeron ja Justiinan, kaksi Eeroa ja
kaksi Justiinaa. Olen rauhallinen nainen
vailla kaunaa tai katkeruutta. Osallistun
moniin nuoruuden projekteihin samalla
kun rahoitan vapauteni, rajattoman vapauteni
tekemällä töitä muotoilufirmassa. Ei minulla
koskaan ole ollut mielenterveysongelmia
mutta Tytin, ihanan ja suloisen Tytin kautta
olen oppinut monet heistä tuntemaan.
Sinä tunnet minun siitä naisesta, joka
ilmestyy yllättäen rock-yhtyeen konserttiin
ja siellä kaikki hänet tuntevat ja hän on
ainakin kuullut useimmista, jotka siellä
musiikkia ovat kuuntelemassa. Olen tuttu
ja turvallinen ystävä, ja tunnettu kasvo.

2 Tytti:

Minä tunnen Lauran. Minut tuntevat
kaikki, jotka tulevat edes kauas minusta.
Olen Tampereen kehto, sosiaalisuuden
kuningatar. Minut tuntiessaan ei koskaan
unohda minua, ei halua unohtaa minua,
ja tahtoo saada tietää lisää. Kuhisen elämää
sen rikkaimmassa olemuksessaan. Kun
tunnet minut, olet sosiaalisuudessa mukana,
virallisesti. Jaan rakkautta kelle tahansa,
jotka tulevat piiriini. Kaikki hyväksytään
mukaan. Edustan sinulle nurkkia, kulmia,

avaria tiloja, tilanteita, tapahtumia, paikkoja,
aikoja, kaikkia unohdetuimpia sopukoita,
joita ihmisissä tajuan ja jotka he tajuavat
minussa. Ryöpsähän, pakenen, juoksen
ja avaudun. Olen mitä tahansa, kameleonttina
mutta myös vakaana turvana. Olen ystäväsi aina.
En pysähdy koskaan. Ihmiset ovat kuvailleet
minua huumeena. Että minut nautitaan ja
koetaan, ei tavata eikä tutustuta. Olen luonteeltani
herkkä ja temperamenttinen, oikukas ja raivoisa.
Elämän rouhima. Ihmiset myös pitävät minua
naisena, joka liikaa juoksee eri paikoissa, myös
Tampereen ulkopuolella eikä osaa nauttia tilanteesta
pysähtyen. Vaan jos tämän tekisin ollenkaan koskaan,
en olisi se Tytti, josta minut tunnetaan. Järjestän juhlia,
muutan joka toinen vuosi uuteen paikkaan. Kuolleet
juhlat, kuolleet talvet ovat minun alaani. En tuo sellaista
vaikutelmaa ihmisestä joka nauttii samaan aikaan.
En pidä nauttimisesta hitaasti. Haluan järjestää nautinnon,
juhlamat, vaan en liikaa pysyä nautinnossa, juhlassa.
Niin paljon minä elän Tampereella. Minua loukkaisi se
miten joku haluaa kauttani nauttia. Minä juoksen ja
kuron kohti humalaa. Olen se psykoottinen tunne ja
aistimusten kirjo, josta monet vain haaveilevat. Tunnen
sinut unohdetuimman ja kauneimman tunteesi, vaan
en sinulle sitä paljasta. Olen selittämätön persoona,
Jumalatkin minua juhlivat, eivätkä tajua sitä voimaa
ja nopeutta millä elän tässä maailmassa. Olen synestesia,
kaikki sateenkaaren värit ja kaikki sävelet yhdessä.
Sinä koet Tytin kuin koet Tampereen, kaupungin,
jonka jokainen kokee eri tavalla. Ja aika, jonka jokainen
kokee omalla tavallaan.

Minna kävi festareilla ja nautti junamatkoista. Hilpein ajatuksin. Vuosi oli 2010.

Minä olin vasta opettelemassa elämää hiekkalaatikossa. Vakavin ajatuksin.

6.9. 2010 - Mika tapaa Tytin

1 Olin tupakalla verannalla samalla kun
Tytti, tämä lihava mutta hauskannäköinen
nuori nainen käveli jonkun tädin kanssa
kohti Käpyä. En aluksi ajatellut että kyseessä
olisi elämäni tähän asti merkittävin nuori
nainen vaan näin hänet tavallisin silmin
tavallisena naisena. Oi kuinka vihaankaan
tavallisuuden yliarvostamista. Tytti ei ollut
sitä. Hän oli ilotulitusta, taiteilijasielu. Epäilen
aina kaikkea tavallista, sillä minua inhottaa
ihmiset, jotka puolustavat vihaisesti, vimmalla
keskinkertaisia arvoja eivätkä niiden vastakohtaa.
Tytti oli erilainen. Viisi minuuttia myöhemmin
hän tuli tupakkapaikalle ja me keskustelimme.
Hänellä oli kirpputorista hankitut vaatteet ja
hän aina piti yllään huivia ja omintakeisia mekkoja.
Hänellä oli kangaskassi, jossa hän kantoi ties mitä
boheemin nuoren naisen tarvikkeita. Me keskustelimme
musiikista, mutta vain hetken. Hän teki heti vaikutuksen
minuun. Oli kuin olisin ollut liian heikko ja hän hypnotisoi
minut jo ensisilmäyksellä. Hän tarjosi aina maailman ja
minä ja muut nappasimme sen. Herkän maailman, jossa
sai olla hellä mutta myös raju.

MUSTIEN METSIEN NURKAT

1 Oi Pyynikin metsät, oi Nokian metsät,
oi Kalevan metsät, oi Pispalan metsät,
oi te mustien iltojn hämärtämät koivut ja ne
lehdet, joiden päällä kävelisimme syystuulessa,
ennen talven tuloa. Sillä minä tiedän että siellä
kävi ihmisiä, naisia ja miehiä, silloin tällöin tekemässä
ties mitä, nauramassa, rakastelemassa, laulamassa teltoissa
vuosikymmenen aikana, jolloin ei olisi arvannut
missä kukakin kävi, milloin ja millä mielellä.
2 Minä muistan suuren sairaalan, jossa tuli käytyä
kaksi vuotta ennen suurta vuosikymmentä.
Sen metsä oli äänetön, täynnä hiljaisuutta, ja se seisoi
koko ajan kaupungin äärellä, kaupungista kaukana,
samalla kun kävimme konserteissa, vietimme yhteistä
aikaa ja keskityimme yhteisön ja arjen yhteiseen hyvään.
3 Minä muistan metsän, minä muistan metsän.
4 Muistan myös kahvin kierron, jokaisessa arkipäivässä,
keskellä Käpyä, sulattamisen ja kuluttamisen kierrot,
tupakat, sätkätupakat, joiden tupakanlehtiä käärimme
kuin itse palelisimme niiden lämpimässä savussa,
kuin tupakat olisivat pesiä, joihin käpertysimme.

SADEKIRJA

Minä yritän kuvata tunteita oudoilla nimillä.
Tunnelmia ja muistoja. Näin äskettäin kaksi
YouTube-videota Yle:n Jälkiviisaita vuodelta 2000.
Sade pisaroi Helsingin lasiseinään, jonka takana
kävelivät 21 vuoden takaiset aikuiset ihmiset.
Mieleni valtasi surullinen, melankolinen, haikea,
syksyinen tunne. Tämän tunteen nimi olkoon Ihmismassat.
Ajattelin myös nimetä sen Suomen kokoiseksi hämähäkiksi.
Sekä vanhat jääkiekko-ottelut että vanhat Yle:n lähetykset
tuovat mieleeni tragedian, nimittäin sen miten menetimme
monta ihmistä sinä ja sinä vuonna. Monet myös kärsivät
niinä vuosina ja elämä oli vasta alussa esimerkiksi vuonna
2000 - ennen kaikkea. Iso alkuräjähdys olisi myös hieno nimi
tunteelle. Ennen kuin se ja se oli kuollut, kuten isäni, 2019
tai aikuisikäni ihanin ihminen, Liisa, 2016. Mietin myös
ihmisten kollektiivista virtausta vaikkapa vuonna 1997.
Minä olin silloin yhdeksänvuotias. Ajattelen nyt missä
Suomen kaikki reilut 5 miljoonaa ihmistä olivat silloin,
keitä he tapasivat, mitä he tunsivat ja miten he pyörivät
meidän kauniissa Suomen maassa. Ajattelen autoja, tuulilaseja,
ihmisten teinivuosia, ihmisten jotka ovat nykyään jo
viisikymmentävuotiaita. Ajattelen itsemurhaan päätyneiden
lapsuutta vertautuen vaikkapa 1995 vuoden Jokerit-Ifk-otteluun
ja yleisön mustanpuhuvaan nuorekkuuteen ja vilskeeseen.

Koin vuoden 2008 marraskuussa oudon psykoosin, elämäni
ensimmäisen. Lähdin Tampereen keskustaan vanhempieni
luota ja heitin takkini roskiin. Muistan miten näin Clasun
lähellä olevan kirkon niin että sen kellareissa harrastettiin
seksiä ja että siellä oli biljardipöytä. Muistan myös harhaluulon
siitä että äitini pyöritti Instrumentariumia. Luulin myös olevani

Barack Obama. Ruokakaupassa ostin hernekeittoa ja se oli hyvin
sumuinen muisto. Ulkona häiritsin aikuista naista, jonka auton
eteen tarrauduin. Lopulta kadotin lompakkoni ja menetin kortit
sieltä. Jäljelle jäi vain kännykkä. Yllättäen näin Keskustan Juveneksen
äärellä isoveljeni ajamassa autoa ja hän ajoi minut vanhempiemme luokse.

Jälkeenpäin tämä muisto on vaikuttanut kuin pieneltä
lumihiutaleelta jäävuoressa. Niin mitätön ja merkityksetön
oli minuuteni tavallaan silloin vuonna 2008, ennen vuotta 2009,
ennen Li Anderssonia Pressiklubissa, ennen 2010-lukua, ennen
tätä vuotta 2021 jolloin kirjoitan tätä. Tarkoitan siis sitä että
tajuntani on räjähtänyt tuon hetken jälkeen, käynyt paikoissa,
kehittynyt, tavannut satoja ja satoja ihmisiä, ymmärtänyt satoja
asioita uudestaan, reissannut. Pieni minuuden tuulilasi oli minulla silloin.

Miten muistankaan nyt uutta! Isäni kanssa kävelimme
Lukonmäestä kohti Kaukajärveä päin, vai hölkkäsimmekö
vain? Jotakuinkin, joskus vuonna 2008 hölkkäsimme, ennen
sairastumistani, kaiken alkua, sitä kuuluisaa eriväristen sateenkaarien
sekä erimuotoisten huumenäkyjen räjähtävää tilaa nimeltä psykoosi.
Ennen psykoosia, eli 2000-luvulla ei tapahtunut mitään. Mieli oli
masentunut ja tylsä kuin betonilattia. Kukaan ei arvostanut.
Ketään ei ollut, ketään ei ajatellut, ketään ei tuntenut. Sitten 2008
ja PYSH! Kaikki oli edessä.

Muistan kävelleeni sairaanhoitaja Keijon kanssa 2008 Pitkäniemen poluilla.
Siitä reissusta muistan talven erityisen voimakkaasti.
Myöhemmin vuoden 2020 psykoosin aikana Keijo oli muuttunut
silmälasipäiseksi ja vanhemmaksi. 2008 hän oli hyvin nuorekas
ja viattomampi.

Sitten muistan vuosien 1997 ja 1998 käynnit
Hakametsän jäähallilla sekä pelaajana että katsojana.

Näin yläpuolella kaukana bisnesaition lasiseinän
takana Hjallis Harkimon noin 25 vuotta ennen
tätä vuotta jolloin hän on eri kulmassa kuin silloin,
kuten minäkin ja kaikki muut. Isäni ajoi meidät katsomaan
Tapparan pelejä ja muistan yhä täyden parkkipaikan,
josta autot kaarasivat kotejaan päin mustassa illassa.
Ja sitten ajattelen Hakametsän parkkipaikan vasenta puolta.
Ehkä Liisa asui 11-vuotiaana sen sumuisen iltataivaan takana
olevien kerrostalokompleksien kodissa samaan aikaan
kun minä lähdin sieltä Lukonmäkeen isäni autossa.

Sitten mietin missä Leena oli silloin. Vuonna 1997.
Vaikkapa lokakuussa. Hän oli silloin 38-vuotias,
melko nuori. Kun tapasin hänet ensi kertaa, hän oli 50-vuotias.
Nyt hän on yli 60-vuotias. Ajattelen miten erilainen hänen
tietoisuutensa oli silloin, vuonna 1997. Miltä hän näytti,
mitä hän ajatteli, mitä hän teki. Kanoottireissu? Liftaus?
Reilaaminen? Miten hän katsoi asioita? Miten erilainen
oli hänen kokemusmaailmansa, paikat joissa hän kävi?

Sitten ajattelen vuotta 1993. Ylen naispuolista kuuluttajaa.
Ennen kaiken aggressiivisuutta, silloin kun oli
rauhallisemmat ja verkkaisemmat ajat. Minä olin silloin
päiväkodissa opettelemassa lukemaan ja kirjoittamaan.
Muistan itkeneeni ensimmäisenä päivänä kun minut
vietiin päiväkotiin. Usein kun katson vanhoja valokuvia
itsestäni lapsena niin itken ja kosketun todella paljon.
Se on kaunis ha haikea tunne. Itken sitä miten viaton olin.
Miten tietämätön olin tulevista suruista ja kauheista hetkistä.
Itken myös söpöydelleni. Olin tosi söpö lapsi.

Mutta takaisin vuoteen 1993 ja Ylen kuuluttajaan.
Tuolloin Liisa oli 7-vuotias. Pete Walli oli elossa,

samoin kuin Kirsti. Ei ollut euroja, ei ollut EU-jäsenyyttä
eikä älypuhelimia eikä sosiaalista mediaa. Olli ja Simo olivat lapsia.
Tunsin heidät aikuisuudessa, pari nuorta massiivisen ihmismäärän
joukossa. Missä naiset, missä nuoret naiset?

Pitkäniemi, 2020. Tuli herättyä aikaisin, joskus kuudelta tai seitsemältä
aamulla. Soitin radiota kahvihuoneessa. Joku todella söpö, nelikymppinen
mutta myös nuoren näköinen nainen nautti kahvia kahvihuoneessa.
Sanoin hänelle, "onkohan tämä biisi uusi?", ja jatkoin: "toivottavasti."
Hän nauroi tälle. Kutsun häntä Mariskaksi. Terävä nokka ja terävä suu.
Kauniit terävät silmät. Hänessä oli paljon terävää. Söpö nainen. Viiltävä.
Elettiin korona-aikaa joten uutta musiikkia ilmestyi kai aika vähän.
Oli kuitenkin loppujen lopuksi todella ihanaa herätä samaan aikaan
kuin hän ihanan arkiseen syysaamuun. Kävimme myös pari kertaa
kahvihuoneen viereisessä huoneessa eli tupakkahuoneessa.

Pitkäniemi 2020. Kaikkein kauneinta ja ikimuistoisinta ja koskettavinta
oli olla samalla osastolla ensimmäiset kolme viikkoa pelkkien naisten kanssa.
Tämä kosketti minua. Se oli ihanaa. Ihanaa oli muun muassa se että ruokailussa
näiden naisten libido eli panonhimo, paljastui. Olin ainoa mies ja silloin komea
ja todella karismaattinen mies, joten naiset kastivat teepussinsa veteen kuin se olisi
ollut oma kivespussini ja muutenkin kun minä olin vierellä niin vannon Jumalan nimeen
että nuo naiset ottivat kinkkua, kurkkua, juustoa lautasilleen kuin haluten tehdä
minulle pikku temppuja intiimisti, lähinnä alapäähäni. Välillä piti ottaa kaukaa oikealta
ruokaa,
kananmunaa tai jotain, ja minä seisoin edessä. Alue jalkojeni välissä. Sellaista.
Niitä naisia ei nussinut kukaan sinä ajanjaksona.

Rakastuin yhtenä vuotena, vuonna 2020, viiteen naiseen,
neljä heistä oli sairaanhoitajia ja yksi potilas.
En päivääkään vaihtaisi pois.

Entinen mielenterveyshoitaja YouTube-videossa, kertoo raskaasta työstään

Pitkäniemessä, potilaiden itsemurhia nähnyt, heidän kanssaan kävellyt,
illat kahvia ja kofeiinilimsaa juonut partainen, pelottava mutta herkkä setä.
Tylsän arkisessa, kuolleessa huoneessa kertoen asioista. Miten paljon elämää
en olekaan vielä nähnyt. On vaikea dokumentoida kokemuksia jos ei näe
niiden kauneutta, henkilökohtaisella tasolla. Se suuri ja mahtava elämä,
joka kiertyy lukemattomiin perspektiiveihin, muistoihin, tilanteisiin ja suuntiin.

UNOHDETTUJEN MUISTOJEN KIRJA

Minulla on paljon unohdettuja muistoja 1990-luvulta, 2000-luvulta ja 2010-luvulta.
Välillä muistot palaavat takaisin, muistuvat. Jos otetaan vuosi niin se on 365 päivää.
Viisi kertaa 365 päivää on yhteensä 1825 päivää. 1825 päivää on yhteensä 43800 tuntia.
43800 tuntia on yhteensä 2628000 minuuttia. Suuren osan 2010-luvun valveillaoloajasta
vietin Käpyssä tai Kävyn haarajaostossa, kuten söpösti sen mainitsen, eli siis Käpyä
koskevissa tilanteissa eli todella monta minuuttia. Muistan kuinka tutustuimme
valkoiseen taloon lähellä Nekalaa, vastapäätä Iidesjärveä. Siinä oli jotain viatonta,
pyhää ja hiljaista. En muista miksi tutustuimme sinne, mikä oli paikan funktio,
oliko se toinen mielenterveyteen liittyvä paikka? Mutta kokemuksessa oli jotain
pyhää ja haikeaa kuten sen uudelleenmuistamisessakin. Vieläkin en tunnusta
muistavani kaikkea 2010-luvulta.

Mikä oli siis erilaista 2010-luvun alussa? Tiedän ainakin sen että 1990-luvulla
maitopurkit olivat erilaisia, joten pakkohan niiden oli olla kaiketi 2010-luvun
alussa. No, oikeastaan 1990-luvulla kaikki oli erilaista ja viattomampaa mutta
2010-luvun alun nyanssien erilaisuutta en muista.

Me kävimme Kävyn kautta Kaunasissa, Riikassa, Hampurissa, Edinburghissa
ja Barcelonassa. Barcelona oli se viimeinen Kävyn kulta-ajan ulkomaankohde,
vuodelta 2014, siis melkein keskellä vuosikymmentä. Se oli ihana, lämmin
matka. Muistan plataanipuut hostellin edessä, idyllisellä, vanhanaikaisella
kadulla. Hyvin vapaudellinen kaupunki oli Barcelona. Ostin myös erilaisia,
harvinaisia virkistysjuomia, kuten olen ostanut jokaisella matkalla.

Mutta mihin Suomessa menimme? Muistan erämatkat, ainakin Haistiaan ja
Kintulampeen. Muitakin metsiä oli. Muistan bussimatkat Helsinkiin ja Hämeenlinnaan.
Helsingissä oli Kumpulan puutarha, Ateneum (muistan sen vuodelta 2009 tai 2010)
ja Kiasma. Tamperetta kiersimme, kuten Työväenmuseo Werstasta, jossa meille
oli valmistettu oma työpajahetki ja se kesti puolitoista tuntia. Pelasimme jalkapalloa
jossain päin Pyynikkiä toisia toimintakeskuksia vastaan. Kävimme Tahmelassa
puutarhassa. Tietenkin, muistan Tytin kautta että kävimme silloin myös terassialueella

Tullintorin rakennuksen lähellä ja kaikki vetivät kaljaa aurinkoisen kesäpäivän vilkehtiessä
ja joskus tutustuimme yöelämään Pakkahuoneen kautta. Tytti tanssi siellä ja minä sain
elämäni tähän asti ainoan marihuanasätkän nuorelta kanadalaiselta naiselta mutta se
sätkä ei maistunut eikä tuntunut oikein miltään. Saakeli miten kaunis Tytin vuosikymmen
oli. Hän kuoli 30-vuotiaana vuonna 2016 ja jätti meidät kaipaamaan häntä niin paljon.
Olen usein melankolisina, romanttisina, porvariöinä nautiskellut kylmän colan kanssa
sosiaalisen median äärellä katsoen hänen kauniita kuviaan hänen uskomattoman kauniista
elämästään. Pidän niistä kuvista missä hän on terassilla ja bilettämässä todella siivottomien
ja sotkuisen hippien kanssa mitä railakkaammilla tavoilla. Hänen ystäväpiirinsäkin oli niin
kirjavan erityinen, erilainen ja persoonallinen. Nuoruus ei ole pelkkä ajanjakso, se on myös
rakkauden ja taiteellisuuden muoto. Samoin kuin spiritualismi ja hippiys.

On vaikea olla uskomatta Jumalaan kun on tuntenut ja tavannut Tytin. Tarvittiin hienoa
suunnitelmallisuutta muovata tuonvärkkinen nuori nainen.

Sitten taas vähän kauemmas. 1990-luku. Muistin vasta muutama kuukausi
sitten miten lapsuudenkodissani oli ylhäällä katolla salaiseen ullakkoon johtava luukku,
joko yläkerrassa tai alakerran vaatehuoneessa. Mutta se olikin mielikuvitustani vain,
ei sitä ullakkoa oikeasti ollut. Ja muistan sen kun kävin Messukylän
ala-astetta ja osallistuin kouluamme edustavaan jääkiekkojoukkueeseen sen jälkeen
kun opettajamme Pekka pyysi minut mukaan koska hän vaikuttui luistelustani
ulkojäällä. Muistan tehneeni ensimmäisessä tai toisessa ottelussa tärkeän maalin yhdessä
Hakametsän areenassa ja se ratkaisi koko ottelun.

Jyrki. Kesät olivat silloin kesiä. Ei mitään muuta. Valo tahtoi jonnekin. Ei ollut ähkyä. Saimme
olla niin pienen hetken lapsia, ysikyt-luvulla, vuosina 1995-2001. Kaduilla piti ottaa itse selvää
asioista ja Suomi oli yhtä. Järkevä Suomi, ei mielisairas Suomi.

Muistan myös kun jääkiekkojoukkueeni valmentaja ja kaikkien meidän lapsikiekkoiljoiden
sedät, tädit tai siis vanhemmat puhuivat bussimatkoilla toiseen paikkakuntaan kaikenlaista
viisasta, konservatiivista ja muistan heidän hellän, viisaan rakkauden meitä kohtaan.
Kävimme myös risteilyllä ja muistan vastustaneeni vanhempien ihmisten tupakoimista siellä.

Aika kuitenkin teki tehtävänsä ja aikuisena minusta tuli tupakoitsija, tarkemmin vuonna 2008, talvella Pitkäniemessä jossa aloitin polttamaan pikkusikareita ja vaihdoin myöhemmin tupakkaan. Lasse oli usein kanssani tupakkakopilla vuonna 2008, ennen kaikkea, kaiken alkua, tukikohdassa. Hän kuuli ääniä ja oli hyvin humoristinen, suora ja rehellinen nuori mies. Minä edelleenkin rakastan tupakoimista.

Pointtini siis jääkiekkojoukkueen lasten vanhemmista on se että tuntui kuin olisimme jotain yhtä kansaa.
Kansan syvät rivit. Kaikki tunsivat Bumtsi Bumin, Tuttu juttu show'n ja Speden spelit.

Missäköhän Tytti oli 1990-luvulla? Hän oli silloin vasta tyttölapsi, kaksi vuotta aiemmin syntynyt kuin minä. Me olimme kaksi superpersoonaa. Me olisimme voineet luoda oman bändin. Mutta Tytti kuoli elettyään ensin kulkurielämää. Ai, hitto miten muistankaan Keltaisen talon, aivan Kävyn vierellä. Tytti kävi selläkin ja osallistui juhliin selläkin. Mikä ihana, taivaallinen aurinko hän oli!

Mutta mikä 1990-luvussa ja Messukylän ala-asteessa oli niin ihmeellistä? Niin taianomaista?

No, ensinnäkin muistan kun tilasin Coca-Colan lasipullosta jossain baarin kaltaisessa enkä muista missä se oli mutta vanhempani katsoivat minua rakastavin silmin ja kommentoivat hellästi sitä kun tilaan lapsuuteni ensimmäinen kokiksen. Messukylässä tunsin olevani turvassa ensimmäiset neljä lukuvuotta. Neljänteen vuoteen asti eli vuoteen 1999 asti, olin yhteisöllisyyden ja elämän vilpittömän hauskanpidon ytimessä tavalla jota aikuisena monet kaipaavat ja olisivat valmiita sellaiseen, jos löytäisivät edes sellaista. Tunsin olevani rakastettu, isäni ja äitini rakastivat minua ja tein lapsuudessa paljon asioita, jotka myöhemmin katsottuna ovat elämää itsessään. Lisäksi minulla oli ala-asteella hieno kaveri nimeltä Mikko ja hän on edelleenkin sydämessäni koska hän oli niin lämminhenkinen ystävä. Minulla oli myös hienon luokkakaverit muutenkin.

Hitto! Muistan Nääs Tv:n. Ala-asteen oma televisio-ohjelma. Olin siinä uutistenlukijana Mikon kanssa, Mikon, joka lausui George W. Bushin nimen George Tuplavee Bush. Me raportoimme koululaisille Yhdysvaltain presidentinvaaleja. Muistan myös panoraama-otoksen koko koulun pojista ja tytöistä läppää heittäen ala-asteen ns. kentällä. Edelleenkin mietin onko

Nääs Tv:tä olemassakaan enää videotaltiointina, ja jos olisi, niin missä se olisi? Se olisi aivan lohduttoman koskettava kokemus. Onkohan Messukylän ala-asteen arkistoissa enää luokkakuvia ja nimiä kaikista opiskelijoista, jotka reippaat 20 vuotta sitten kävivät sitä koulua.

Ennen Messukylää muistan itkeneeni ensimmäisenä tarhapäivänä kun äitini kävelytti minua ensimmäiseen insituutioon eli Lukonmäen päiväkotiin. Muistan jääkiekkokorttien keräilyt siellä ja metsässäkäynnit sekä luistelemassa käynnit. Halusin pienenä tulla isona poliisiksi, mikä ei kuitenkaan toteutunut mutta päiväkodin tädit kirjoittivat siitä minulle jäähyväissanat omaan kansioon,i jossa on kaikkien päiväkotikokemusteni arkistoidut paperit. Minulla on vieläkin se kansio ja olin silloin pelkkä kiltti, kiva ja viaton räkänokka.

Ennen kaikkien aikuistumista, lapsellisten piirteiden riisumista ja jylhän arvokkaaseen aikuiselämään siirtymistä.

Minua itkettää.

TYTIN KIRJA

Millainen oli Tytti? Lihava, aito, autenttinen, vahva mutta hirveän herkkä. Yksinäinen
herkkyydessään. Ihana musiikkimaku. Ihana elokuvamaku. Mustalainen, kulkuri. Taiteilija.

Millainen oli Tytin taivas? Talvinen, tuhnuinen, rakeinen sekä helvetin lämmin ja iso aurinko,
joka valaisee kaikkea ympärillään, keltaisia ja oransseja värejä, lapsenomainen, joka päivän
ollessa kuin ihanan vastuuton, boheemi seikkailu.

Haluan elää taivaassa Tytin kanssa. Maailma ei ole valmis mutta taivas on. Siksi se on taivas.
Mielessäni virtaa lause: "taivaassa mitään pahaa ei voi koskaan tapahtua, taivaassa mitään
pahaa ei voi koskaan tapahtua."

Me tekisimme musiikkia, samalla kun seuraisimme taivaasta tätä maailmaa mikä ei ole valmis.
Nauraisimme ihmisille, jotka eivät tiedä pääsevänsä vielä taivaaseen, jossa kaikki kivut ja
häpeät huuhtoutuvat pois, samoin kuin kaikki ennakkoluulot ja pelot.

Näyttäisimme kaikille taivaan asukeille miten hienoja muusikoita olemme. Taivaassa
kilpaillaan vain hyvien ja laadukkaiden asioiden tahtiin. Me soittaisimme ensimmäisen
keikkamme Pispalan Pulterissa. Yleisö taputtaa.

Sinä menisit Helsinkiin, minä tulisin mukaan. Opettelisimme stadin slangin sanoja
keskenämme. Sitten menisimme reggae-baariin Kalliossa ja shoppailisimme keikasta saaduilla
rahoillamme perjantaina ja lauantaina. Säveltäisimme uusia biisejä. Sinä, Tytti, akustinen
kitara käsissäsi ja minä kirjoittaisin sanoituksia.

Kiertueemme matkaisi koko Suomen halki ja näkisimme kaikki keskeiset kaupungit, Oulun,
Lahden, Kemin, Tornion, Porvoon, Jyväskylän, Turun ja Vaasan. Kulkuneuvona olisi bussi.
Siellä koko iso orkesterimme laulaisi ja pitäisi tietovisoja älypuhelimien avulla.

Meidän musiikki saisi kansainvälisen huomion. Englantilaiset kriitikot pitävät ekaa levyämme
harvinaisen upeana debyyttinä. Alkaisi maailmanlaajuinen kiertue ja ah, ne ihanat yöelämät,

joita silloin näkisimme. Ei olisi rajoja, ei tyhjyyttä, ei kylmyyttä, ei kyynisyyttä. Näkisimme Lontoon, Barcelonan, Ateenan, Berliinin, Moskovan, Budapestin ja Kiovan muun muassa. Puhuisimme älykkäitä stadioneiden takahuoneessa.

Tytin huone.

Se huone oli niin ihana. Kuvat huoneesta oli otettu loppuvuonna 2011.

Rakkaus ei ole tarpeeksi suuri sana kuvaamaan Tyttiä ja Tytin asuntoja aina kun hän biletti niissä. Kauneus ei ole tarpeeksi suuri sana kuvaamaan sitä kauneutta. Se oli koettava, kuin heroiini tai psykedeelinen huume, joka on kuulemma 100 kertaa mielettömämpää kuin todellisuus.

Tytillä oli 2010-luvulla ainakin neljä asuntoa, yksi kerrallaan siis tietenkin. Tytti tunsi kaikki. Tuo 2011-vuoden loppuvuoden oma sopukka nuoruudessa oli niin ihmeellinen ja suuri. Muistan Pyynikin ja Haiharan asunnot erityisen vahvasti. Boheemi keitto.

Tytin asunnot ja Tytin elämä. Ne ovat edelleen niin ihmeellinen ja suuri asia minulle koska a) se on itsessään uskomatonta miten kaunista usein nuorten naisten elämä on, b) olen taiteilija, joten näen asiat hyvin voimakkaasti esteettisin lasein, enkä kyllästy kauneuteen koskaan, koskaan, koskaan, ja c) olen ollut suurimman osan elämästäni yksinäinen ja seuraton, vailla monia merkittäviä ystävyyksiä ja parisuhteita, joten pienikin osa suuresta sosiaalisesta kauneudesta, ällistyttää minut mielettömyydellään.

Pitäisi kai puhua joskus kauneudesta, keksiä kauneuteen liittyviä uusia termejä. Entä sosiaalisesti kaunis? Henkilö joka on ulospäinsuuntaunut, joten hänen elämänsä on sosiaalisesti kaunista. Uskoisin että hyvin harvat meistä suomalaisista ovat niin ekstroverttejä kuin mitä Tytti oli. Entäs sitten esteettisesti ikimuistoinen sosiaalisuus? Liikaa sanoja kai?

Ja huoneesta vielä sen verran että samaan aikaan kävin Käpyä, koko 2010-luvun merkittävintä kokemustani ja podin siellä mielenterveyden haastettani, se oli kivuliasta. En ollut silloin vielä merkittävästi osa nuorten aikuisten sosiaalista nuoruutta.

Miten erilaista se aika olikaan? Silloin murehdin kuntoutukseen liittyviä asioita. Lääkitystä, omia traumojani. Arjella oli selkeät tunnistettavat piirteet. Mutta kaaosta se oli myös.

Tytin huone oli värikäs, sateenkaarihuone, kaunis hippimäinen kaaos. Siinä ihanassa vuoden 2011 sopukassa.

NUORTEN NAISTEN KIRJA

Se on jotain niin ihmeellistä. Se on jotain niin kaunista. Se on jotain niin mykistävää.

Nuoret naiset.

Kirjoitan vain nuorten suomalaisten naisten perspektiivistä.

He ovat kuningattaremme. Prinsessamme. Mutta pidän sanasta kuningatar enemmän.

Voi että miten he osaavat elää, jo varhaisesta vaiheesta lähtien.

He tietävät mihin mennä, mitä sanoa, miten liikkua nuoruuden karmeankauniissa kehässä.

Useimmista heistä oppii niin paljon, mutta mieleen jää se elämä, se ainutlaatuinen elämä joka nousee esiin heidän persoonallisuudessaan, jokaisen persoonallisuuden ollessa niin ihanan erilainen, mutta niin upean samanlainen siinä miten kauniita he ovat.

Usein mietin että 2013 ja 2014 olivat, sinä hetkenä kun elin noita vuosia, ei niinkään kummempia. Juuri eletty hetki jonkun naisen kanssa, vaikkapa Marin kanssa, käytyämme seurakuntatalossa kuuntelemassa kristillistä saarnaa, ei tuntunut sinä hetkenä miltään erikoisemmalta. Eikä myöskään Marin äänittämä rap-biisi, jossa hän niin ihanasti lauloi kertosäkeen. Vaikka olikin hieno biisi.

Mutta vasta noita kokemuksia muistelemalla huomaa eläneensä vaikkapa vuonna 2013 uskomattoman paljon aina kun oli heidän läheisyydessään, kaukana kaivaten heidän elinvoimaansa, persoonallisuuttaan sekä heidän lanteidensa seksuaalista arkea, kuten A.W. Yrjänä kirjoitti CMX:n lauluun Nainen tanssii tangoa. Myös se rap-biisi on ainoa jäljellä oleva muisto Marista.

Nuoret naiset ovat elämä. Nuoret miehet ovat, heidän sosiaaliseen jumalaisuuteen verratessa, vain statisteja, ekstroja ja taustatanssijoita, säätäjiä ja nörttejä. Tämän oppii helposti muun muassa musiikissa mutta myös siinä miten naiset varastavat esityksen aina kun on esimerkiksi heidän järjestämissä bileissä.

Jokainen kauneus sattuu. Jokainen sosiaalinen salaseura sattuu. Kunnes oppii ettei osaa vielä oikein uida siinä kunnolla, hermostuttaa, jännittää, ujostuttaa, tekee outoja virheitä. Sitten huomaa sen suuruuden, rakkauden suuruuden. Se on julmaa, mutta siksi myös suurta.

Miten se vääntää sydäntä, taivuttaen sen, murskaten sen. Haluamatta nykyistä minää, vaan haluamalla kaiken minusta.

Jopa moraalittomimmat heistä ovat aivan hurmaavia ja opettavaisia olentoja. Oppii muun muassa siitä miten asioilla on aina kaksi puolta eikä kaikki ole aina sellaista kuin luulee. Ja, ah, kuinka he elävätkään, kyseenalaistaen kaiken mihin haluat mukavuudenhalussasi uskoa. Mutta he saattoivat jo seilata muualle, niin he ennenkin seilasivat, he kulkevat niin paljon. Ehkä en enää uskalla ottaa seuraavaa askelta. Minulla on muistot ja ne riittävät minulle tänään kovin hyvin. Ehkä koen vielä nuoret naiset ja yhteisöllisyyden vahingossa. En osaa suunnitella yhteisöä ympärilleni. Se tapahtuu kai sattumalta.

MARIN KIRJA

Sitten oli Pitkäniemen Mari. Eli siis Mari Pitkäniemen APS6-osastolla vuonna 2008.

Hän oli erikoinen pieni nainen, joka jäi mieleeni hyvin voimakkaasti. Hän saattoi olla 14-vuotias, 18-vuotias tai 22-vuotias. Totuus oli että hän oli hirveän laiha ja lyhyt. Mutta kaunista uhmaa ja perisuomalaista sisua hänestä löytyi hyvin paljon.

Hän taisi olla anorektikko. Ruokailun aikaan hän totesi hoitajille tyyliin: "kahvi meni, leipä meni, pulla ei." Jotain sellaista.

Levyraadissa soitti lihava, mukava, vasenkätinen mies akustista kitaraansa. Saimme antaa toivelaulujamme hänelle soitettavaksi. Laitoin levyraadissa biisin nimeltä Valokuvia yhtyeeltä nimeltä Mamba soitettavaksi. Mari punastui siitä sillä katsoin häntä kohti laulun ajan. Sen jälkeen tai sitä ennen soi Minä suojelen sinua kaikelta ja itkin sen aikana. Häpesin sitä että itkin.

Mihin hän katosi? Elämäni ensimmäinen pieni romanssi. En tiedä. Mutta pienenä lintuna hän pysyy mielessäni. Pienoinen. Orava.

TUPAKKAKIRJA

On vuosi 2030. Olen taas Pitkäniemessä, potilaana. Olen herännyt aikaisin, olen kello kuudelta kahvihuoneessa. Nainen, jonka kanssa olen on perso juttelemaan, mutta välillä myös hiljainen. Laitan radion soimaan. Tunnen eläneeni tämän saman elämän ennenkin. Nainen kysyy olenko CMX-fani. Vastaan kyllä. Hän sanoo pitävänsä itsekin CMX:stä. Radiossa soi 2010-luvun hittejä, silloin kun suomalainen musiikki kukoisti enemmän kuin sen ajan amerikkalainen musiikki. Muistan Jenni Vartiaisen Missä muruseni on sekä PMMP:n Lautturin.

Illalla me pidämme bileet Pitkäniemen APS6-osaston tupakkakopissa. Poltan viisi tupakkaa perä jälkeen, välillä lähden ulos tupakkabileistä, välillä palaan takaisin. Olen pisimmillään tupakkakopissa 30 minuuttia ja sinä aikana ehdimme keskustella Suomen senhetkisestä keskustelukulttuurista kunnes keskustelu muuttuu riehakkaammaksi ja mietimme mitä tekisimme kun pääsemme ulos Pitkäniemestä. Venyttelemme itsemme enkelin asentoon ja tanssimme älypuhelimen musiikkitarjonnan tahtiin, rockia ja poppia.

SOLUJEN KIRJA

1 Elämä elämän sisällä

Katselin tänään valokuvia, jotka ovat noin kaksitoista vuotta vanhoja.

Kun löytää kuvia 2010-luvulta ja hiukan ennen 2010-lukua niin häkeltyy siitä miten erilaista elämä ja minuus oli silloin, aivan käsittämättömän erilaista, ja miten käsittämättömän erilaista se on nykyään verrattuna menneisyyteen ja miten äärimmäinen on elämän jättimäisyys.

Tajunta on laajentunut, kutistunut, suurentunut, sotkeutunut, muovautunut ja seikkaillut miljoonia kilometrejä ja miljoonien odotusten, kaipausten, traumojen, surujen ja onnien matkatessa siinä matkatakseen täydelliseen vastakohtaansa edellisestä elämän jaksosta. En edes muistanut kaikkia niitä tilanteita ja suruja ja mielentiloja mitä menneisyydessäni oli, ennen kuin katselin kuvia siitä.

Käsittämätön elämä.

Sitten olivat kuvat, jotka olin tallentanut netistä word-tiedostoon. Yhdessä niissä on luokkakaverini, nainen, joka poseeraa häikäisevän kauniina bileissä joskus vuonna 2007. Juuri nuoren naiseuden kauneimmassa ja julmimmassa kukoistuksessa.

Juuri silloin kun olin itse niin käsittämättömän kaukana rakkaudesta ja bileistä ja nuoruudesta ja muserruin suruun ja yksinäisyyteen.

Sitten oli yksi kuva, jossa oli ala-asteen rinnakkaisluokkani luokkakuva vuodelta 2000. Mietin miten käsittämätön matka oppilailla on ollut ja miten paljon he ovat muuttuneet niistä ajoista.
Ei ole ihme että niin monet itkevät kuolinvuoteella. Elämä on tunteisiin vetoava matka.
Tämä oli liian musertavaa kauneutta. Tässähän ihan sydän särkyy.

2 Sitten muistan 2007-2009, Helsingissä, isoveljeni kanssa. Nukuin lattialla pedissä, asunto sijaitsi Kalliossa ja se oli todella rähnäinen ja pieni. Tämä oli ennen sitä kun isoveljeni oli vaurastunut työssään. Hänellä ei ollut vielä suurta asemaa työssään. Miten muistan nuokin ajat, Kallion reggae-baarin ja monet muut baarit, niin rakkaina muistoina. En muista kaikkea, mutta muistan että sain silloin viettää aikaa maailman parhaan isoveljen kanssa Suomen suurimmassa kaupungissa.

Soluista ja soluista se lähti, mitättömän tuntuisista soluista. Nuo vuosien 2007-2009 muistot ovat juuri sairaalloisia. Soluja, solujen perään. Mitättömiä, säälittäviä, pieniä, merkityksettömiä, turhan kauniita.

KINTULAMMEN KIRJA

Olen muistanut tämän leirintäalueen elämän, elinvoiman ja hengen. Arvostanut sen
melankolista tunnelmaa, havupuitten raksahdusta, kalsareiden ja verryttelyhousujen
addiktoivaa rahinaa, nuotion kekäleitä, ja niitä legendaarisia seinäkirjoituksia, uurrettuina
vahvan puun pintaan, monelta eri vuosikymmeneltä. Sen tuhnuisuus, tilanteiden kömpelyys
sekä ihmisten tuttavallisuus ja herkkä ujous. Talvet, keväät, syksyt, kesät.

Mennä Kintulampeen vuonna 2022, vuonna 2023, vuonna 2024 ja siitä eteenpäin. Nähdä
paikka aina uudella tavalla merkiten sen metsät ja teknologiasta kaukana oleva luonnon
puhina vahvasti tietoisuuteeni, sen opetus ja palata taas takaisin sivistyksen pariin. Muistelisin
Kintulampea vuonna 2024 ja samalla palaisin samalla niihin dramaattisiin 2010-luvun vuosiin
jolloin olin herkempi, sairaampi ja jolloin elämäni oli traagista ja kivuliasta. 2010-luku,
varsinkin sen alkupuoli, oli haurasta, ohuesta ja keveistä langoista koostuvaa elämää, jonka
keskellä en osannut havaita mihin arvaamaton tulevaisuus veisi silloin niin viattoman ja
monimutkaisen tajuntani.

Miten eroaisi kokemukseni täältä, kun menen tänne isoveljeni ja hänen uuden naisystävänsä
kanssa? Kävelisimmekö saunaan, menisimmekö nuotiolle paistamaan kalaa ja kanaa,
hyppäisimmekö uimaan? Kun äitini, joka on nyt Herran vuonna 2021 64-vuotias, joskus
kuolee, niin nuoremmasta isoveljestäni tulisi vanhempani, siinä mielessä että menisin joka
kolmas päivä hänen ja hänen naisystävänsä luokse viettämään aikaa, koska minulla ei olisi
orpona enää ketään, ellen löydä tyttöystävää, ennen sitä. Katsoisimme elokuvia, minullahan on
lähes 1100 klassikkoelokuvaa.

Rakas Kintulampi. Rakas Äiti Maa ja Kalevala. Vaikka näen Jumalan olevan luontoa
korkeammalla, niin kunnioitan suunnattomasti niin luontoihmisiä, eräoppaita ja ekologiseen
tietoisuuteen liittyvää luonnon filosofiaa.

Naiset taas näen äitihahmoina, ja kiihottavimmat heistä ovat suuria äitejä. Äidillisyys,
heikompien suojeleminen, jumalainen haavoittuvien parantaminen ja hyväily, nämä ovat
piirteitä, joita seksikkäämpiä ei naisesta löydy. Lisäksi nautin kun tiedän jo entuudestaan että
kun katson jumalaisen äidillisen naisen puhuvan niin tiedän olevani samalla sielun

aaltopituudella hänen kanssaan, tajuten ja tietäen ne kaikki ihanat, sielukkuuden ja aistillisuuden salaisuudet jotka hänkin tietää, ja jolle hän nauraa. Ja se nauru, se kasvojen hehku, hedelmällisessä, viisikymppisessä äidissä, se on se minkä vuoksi sitä elää.

En edes muista mitä kaikkea koin Kintulammessa vuonna 2011. Muistan toki nuotion äärellä olleet toimintakeskuksen nuoret, jotka ujoina ja herkkinä rikkoivat jään ihanan tylsillä puheenaiheilla. Muistan ampiaisen häirinneen päätäni ja liikuin moneen suuntaan jotta ampiainen lähtisi pois mutta se oli sitkeä ja kaikki näkivät minut. Kaikki nuoret saivat puheenvuoron ja he saivat kaikki sanoa mitä oppivat matkasta. Ohjaaja Ville totesi ampiaisen suristessa pääni ympärillä että se oli kuin Monty Python-sketsistä.

Myös myöhempinä vuosina kävin yhteisön mukana Kintulammella. Muistan että sahasimme ja pilkoimme puuta ja se vaati monen henkilön voimat. Ohjaaja Ville, minä, Iiro ja Petri pelasimme lautapeliä Kintulammen tuvan lattialla. Makasimme ja olomme oli rento. Muistan neljä vaihtoehtoa, jotka piti valita kuvatakseen pelaajan mielipidettä eri asioihin. Yksi oli täysin turha, toinen hyvä juttu. Esimerkiksi lesbous joka oli pelaajan mielestä hyvä juttu ja muiden piti arvata mitä toinen ajatteli siitä. Ohjaaja Ville sai sanoa mielipiteensä maailmanrauhasta. Vitsailin että eikö olisi hyvä jos olisi maailmanrauha = täysin turha. Se nauratti meitä ja ohjaaja Ville valitsi sen myös. Hän perusteli sen sillä että maailmanrauha ei ole mahdollista ja nauroi.

Muistan myös sen että kerran kun heräsimme tuvasta niin ohjaaja Leena huomautti että olin puhunut englantia nukkuessani. Tämä kirvoitti intohimoisen keskustelun ja koin olevani imarreltu että keskustelu koski englanninpuhumistani ja alkoi siitä. En ollut ennen tiennyt että puhun englantia nukkuessani.

Ajattelen joskus myös 90-luvun elämää Kintulammella ja sitä mitä siellä itse asiassa tapahtui. Koettiinko millaisia oivalluksia? Rakastuivatko jotkut? Millaisia vitsejä? Millaisia komplimentteja? Yhteishenki? Ajattelen myös ajan juoksua, vertaillen vuosikymmeniä keskenään ja mietin ihmisten muuttumista esimerkiksi 12-vuotiaana kohti nuoruuden akateemista vuoristorataa.

ÄITIEN KIRJA

Anne Bancroft, Audrey Hepburn, Sally Field, Jane Fonda, Katharine Hepburn, Juliette
Binoche, Louise Fletcher.

Tai kotimaasta. Tiina, Leena, Merja, Lenita.

Olen aina rakastanut äitihahmoja, kuumia, herkkiä puumia, jotka ovat syvällisyydessään
loputtoman kiehtovia, puumia, joiden sielua ja vartaloa haluan loputtomiin tutkia. Silmäni
herkistyvät kun ajattelen naisia, jotka olisivat valmiita rakastumaan minuun kunhan olisimme
samassa paikassa ja näkisimme toisemme.

Yksinäisyys vastaan rakkaussuhde. On tärkeä ilmaista halunsa siitä mitä haluaa. Silti, osa
minusta ei tunne ansaitsevansa vaikkapa niinkin uskomatonta naista kuten edesmennyt Anne
Bancroft, mutta osa minusta tietää minun olevan heidän kohtalo, vaikka en saisi ketään heistä.
Olen kokenut rakastumisen ja sen kohde on jotain kohtalokasta, unelman aineellistuma.

Tätä hunajaista, romanttista tunnetta vahvistaa se että kyseessä saattaa olla joillekin kielletty
tunne. Äitihahmoa etsivää miestä saatetaan pitää nynnynä, mammanpoikana tai
kypsymättömänä. Että tämä mies on jotenkin jäänyt äitinsä egon alle, etsiessään naista, joka
laulaa tälle peräkammarin pojalle tuutulauluja.

En voisi olla enemmän eri mieltä tässä. Vanhemman naisen rakastaminen on minulle
rakkauksista suurinta. Puhumattakaan siitä miten syvällinen se suhde olisi, äärimmäisen
syvällinen. Puumat ovat herkkiä. Puumat ovat kovia mutta lempeitä. He suojelevat minua
pahuutta vastaan kuin naaraslinnut suojelevat poikasiaan. Vaikka he olisivat kuinka kiireisiä,
niin he silti suojelevat minua. Ja minä suojelen heitä.

Tämä yhteys on syntynyt lapsesta saakka. Eräs jalkapallokaverin äiti sanoi kerran että "Joni on
varmaan oikea herkkusuu." Muistan äitini läheisyyden kun olin vasta pikkulapsi. Itkin kun
kävelin ensimmäistä kertaa lastentarhaan. Äiti flirttaili minulle kun olin lapsi. Sanoi että
"kukakohan nainen Jonin vielä nappaa." Ja että "olet hauskannäköinen poika, Joni, naiset
kyllä pitää siitä."

Yksinäisyydessäni usein toivon tulevalta sielunkumppaniltani:

Kaiva minut sieltä, nosta minut sieltä,
Kunhan olen jossain siellä, kunhan olen sinun siellä.

UUDELLEENTAPAAMISEN KIRJA

Keskustelu huoneessa.

Minut kutsuttiin tanssiaisiin ystävieni toimesta ja tunsin joitakin tyyppejä, jotka tanssiaisissa kävivät. Osallistujia oli noin 200. Juhlat pidettiin Keskustorin isossa rakennuksessa ja puvut olivat prameita.

Vuosi oli 2042, päivämäärä oli lokakuun 12. päivä. En tiennyt aluksi kuka tanssijuhlat oli järjestänyt. Kun sata paria tanssivat tai joivat samppanjaa, minua lähestyi smokkimies, luultavasti hovimestari, joka kertoi minulle että yläkerrassa istui toimistossaan mies, joka halusi tavata minut. Lähdin yläkertaan smokkimiehen kanssa.

Astuttuani yläkerroksen huoneeseen, sisällä oli mies, jonka tunsin menneisyydestäni. Hän oli käynyt samassa yhteisössä. Yhteisö oli toimintakeskus Käpy, jossa kävin vuosina 2009-2016, kuten hänkin. Miehen nimi oli Alexander ja hän näytti vakavalta ja huolestuneelta katsoessaan minuun. Hän poltti sikaria ja hän näytti vanhentuneen yhtä paljon kuin minäkin. Yhteisön viimeisestä vuodesta 2016 oli kulunut 26 vuotta. Muistin hänet joviaalina, rentoja, hauskana ja leppoisana. Nyt hän oli vakavoitunut kuten metsä jonkin kodan äärellä.

"Tervetuloa, Joni, oletko pitänyt hauskaa täällä?"
"Kyllä", vastasin, "todellakin hauskaa, kiitos."
   Alexander käveli lyhyen hetken ympyrää. Hän näytti yhä tyytymättömältä minuun.
"Niin, et kai arvannut että tapaisit minut, 26 vuoden jälkeen. Muistat Kävyn ja minut sieltä. Olemme kaikki muuttuneet paljon. En tiedä sinusta."
"Miksi luulet etten ole muuttunut? Miksi minä olrn aina se joka ei muutu? Minä olen muuttunut, paljonkn ja ansainnut muutokseni tuoman onnen."
"Ilmassa on kaunaa", totesi Alexander, "en pidä siitä."
"Miten muut ovat muuttuneet? Puhutaan vaikka siitä. Vaikka haluat varmaan tietää miksi lähdin sieltä Kävystä."

Tämän jälkeen Alexander otti kassin kaapista ja näytti minulle valokuvia Kävystä, vuosilta

2009-2016.

"Olet kai unohtanut monet muistot."
"Osittain. En täysin, en missään nimessä", vastasin.

Yhdessä kuvassa olimme Liettuassa vuonna 2011, ravintolassa, syömässä illan pimeydessä. Ihmisten eli käpyläisten kasvoilla oli arvokkaat ilmeet, jotka kunnioittivat tilaisuutta.

Sitten hän näytti minulle kuvan Tytistä ja minusta laiturin äärellä vuonna 2010.

"Tuosta on jo 32 vuotta", totesin.
"Ajat muuttuvat."
"Kyllä."

Sitten hän näytti kuvan Olavista eli eräoppaasta ja minusta sekä muutamasta muusta nuoresta nuotion äärellä.

"En ikinä tajunnut miksi lähdit."
"Eli toit tuon asian taas esiin. Minulla on oikeus lähteä paikasta, jossa minua satutettiin. Koin aivan uskomattomana sen ettei minua uskonut kukaan kun kerroin satuttamisesta. Minulla ei ollut ketään puolellani. Enkä pitänyt siitä että Käpy tuli aina perheeni eteen niinkuin ohjaajat muka tiesivät paremmin kuin vanhempani. En myöskään pitänyt jatkuvasta painostamisesta, kiireestä, joka halusi kaiken aina heti. Aina kun sanoin jotain joku muu sanoi että ei niin saa sanoa. Kokoajan ilmassa oli jokin vastavoima, joka painosti ja meni liian syvälle minuun. Opin vihaamaan psykologiaa."
"Okei, Joni. Mutta tiedätkö miten me kaikki muutuimme?"
"Kerro."
"No, en kerro. Mutta osaat kai kuvitella. Oli kiva että tulit tänne."
Hän katsoi minua suoraan silmiin.
"Kiitos."

MARTTYYRIEN KIRJA

Hän oli 14-vuotias vuonna 2000. Minä olin 12-vuotias.

Nyt hän on 36-vuotias.

Marttyyrinaiset.

Miten paljon kaihoa, kaipausta, intohimoa, himoa, vankkumatonta ihailua ja loppumatonta
melankoliaa onkaan koettu marttyyrinaisten kuunnellessa musiikkia niin levysoittimista kuin
YouTubesta näiden 22 vuoden aikana.

Niin mielisairaalaosastoilla, turvassa kotona, tukiasunnossa tai vanhempien alakerrassa.

Marttyyrit kärsivät. Rasvaiset juhlivat. Se tuntuu julmalta. Kärsimykseen, paljaaseen
kärsimykseen ja raadolliseen masennukseen eivät useimmat meistä osaa sanoa usein yhtään
mitään. On vain tasainen, hiljainen olo kuin betonilattia. Eivätkät apua tarvitsevat aina
sanokaan että he haluavat apua keneltäkään. He vain raportoivat olevansa masentuneita
eivätkä kaikissa tapauksissa halua apua.

Se suru. Kaikki se suru. Niin epäreilua.

Vaikka uskon että asiat myös tasoittuvat ja että asioilla on kaksi puolta ja että kaikki kärsivät
ja kaikki häviävät joskus (ja lopulta kaikki häviävät, tietysti).

Mutta marttyyrit naiset, he kärsivät. He ovat elävä muistutus siitä miten paljon runollisuutta,
kauneutta ja aitoa surua jää koko maailmalta tuntematta ja huomaamatta.

Kirpparit, yhteisöt, työpajat, musiikit, tähtiyöt ja halvat vaatteet ja kaupunkikävelyt.

Se on vastakohtainen suurelle maailmalle, jossa ihmiset menestyvät ja ovat menestyksen
kuplassa?

He ovat laihoja, he ovat hauraita, he ovat herkkiä. Miten paljon me voisimme auttaa heitä?

Auttaisin itse siten että marttyyrinainen menisi jonnekin naisten omalle kurssille, jossa joku 50-vuotias kokenut tiikeritär ynnä superhyvinvoiva nainen auttaisi heitä nauttimaan omasta naisellisuudesta ja saada heidän naiseutena säkenöimään. Olen kuullut mitä nuo tiikerittäret voivat tehdä. Se voi olla superihanaa marttyyrinaisille.

Olen kokenut surun. Se on surua. Siinä ei ole paljon muuta kuin surua silloin kun se on pohjatonta surua. Se ei vaadi mitään, se ei halua mitään, ainakaan avoimesti, se ei uskalla, se on ujo ja itsepäinen ja se on pyyteetön ja nöyrä. Se vain on.

VANHUUDEN KIRJA

Me istumme mökin verannalla paahteisen auringonlaskun laskeutuessa verannan portaille lähestyen vanhoja, monia polkuja tallanneita varpaitamme. Olen silloin 72-vuotias ja kaksi muuta naista 80-vuotiaita. Vuosi on 2050.

Me muistamme vuoden 2044 suuren talven jolloin lunta satoi kymmenenmetriseksi. Silloin kävimme yhdessä hiihtämässä. Me muistamme vuoden 2047 Tampereen jolloin taloissa järjestettiin "rakkausjuhlia" ja 10 000 asukasta kävi silloin eri juhlissa ympäri ihanasti vanhentuvaa Tamperettamme.

Me muistamme vuoden 2035 kun kävelimme koko kaupungin läpi ja shoppailimme kirpparilta vanhaa rihkamaa ja antikvariaatista kirjoja. Tampere oli kaunis silloin. Kuin vanha, lihava neitsyt, joka nauttii makaamisesta ja on rauhoittunut ja levollinen.

Me muistamme vuoden 2038 matkustaessamme Suomen ympäri. Ajoimme kuluneella Fordilla Lännen kautta Itään ja siitä Pohjoiseen. Kävimme ties miten monella huoltoasemalla ja rentouduimme huurteisten lumi-iltojen igluissa, joita oli asetettu pitkin talvista lakeutta kaksikymmentä.

Vuonna 2029 matkustimme kahdesti Skotlannin Edinburghiin ahmimaan sinisten iltojen rauhallisia katuja ja eksoottisia skotlantilaisia ravintoloita. Kävimme myös kaikissa kolmessa ostoskeskuksessa päivän aikana (jokaisessa eurooppalaisessa suurkaupungissa on ne). Makasimme jonkun hotellin katolla ja katselimme ympärillemme. Tähtitaivas oli täysi. Myöhemmin joimme maljan sille.

Bussimatkat vuonna 2027, se tunne kun bussi matkaa vain läpi Suomea emmekä välittäneet muusta. Bussimatka kohti Hämeenlinnaa, jonka keskustaa kiersimme. Kävin siellä myös baarissa aamupäivällä ja illalla ja illalla päädyin keskustelemaan tietovisajuontajan kanssa. Vertasimme oluita, mitkä olivat parhaita oluita ja mitkä huonompia. Joimme varmasti 15 eri olutmerkkiä ja keskustelimme siitä miten huono juomakulttuuri Suomessa on. Illat ovat narsistisia ja julmia kun niiden pitäisi olla pehmeitä, rakkaudellisia ja veljellisiä. Yöllä kävelimme kännissä kohti hotellia ja valitimme hitaasti asioista koska olimme niin kännissä.

Vuoden 2027-2031 reissut tamperelaiseen jenkkiravintolaan, jossa kävin kerran puolessa vuodessa Irman kanssa. Irma ja minä tilasimme aina kaksi kolaa kummallekin sekä pirtelöt. Pirtelömakuja oli niin paljon että halusimme kokeilla niitä kaikkia ja siksi kävimme siellä niin useasti.

No, tiedäthän Irman? Se kuvaa paljon elämäänsä ja elää paljon. Tyypillinen onnellinen, nuori, suomalainen nainen. Elämännälkäinen. Ja hänestä oppii myös sen että todellisuus on tarua ihmeellisempää. Kaikki ne tarinat. Nuoruudessa koetut tarinat ovat kuin suurta, jumalaista tragediaa. Mutta onneksi se kipu loppuu joskus kun ihmiset oppivat onnellisuuden olevan tärkeämpää kuin riitelyn.

Vuoden 2031 kesällä kävimme Hauhossa mökillä, koko perheeni. Ja kun olimme Hauhon keskustassa niin nuorten naisten kiima ja panohalu oli suuri ja sen aisti heidän elekielestään. Me paistoimme makkaroita ja kana oli tosi hyvää. Oli myös kiehtovaa polttaa tunnin välein tupakkaa ja se rentoutti minua. Isoveljeni ja minä kerroimme hienoa vitsejä, täydentäen toistemme panosta suuriin vitseihin.

Vuoden 2014 kesällä kävin Barcelonassa ja muistan ensiksi plataanipuut. Ne muistuttavat armeijan maastopukujen väriä. Kävelin Käpyn nuorten kanssa pitkin katuja, yksinäisenä mutta onnellisena.

Vuonna 2005 ja 2006 taas kävin vanhempieni kanssa ensin Nizzassa ja sitten Fuengirolassa. Katsoin Nizzassa Michael Jacksonin oikeudenkäyntiä hotellihuoneen televisiosta. Hän on ollut kuollut jo 41 vuotta. Muistan pöhöttyneen tunteen, tylsän masentuneisuuden tunteen, auringon laskevan erakkomaiselle vartalolleni ja vieraantuneisuuteni ihmisistä ja elämästä. Oi, miten se tulisi muuttumaankin. Fuengirolassa muistan rannat ja elintarvikkeiden halvat hinnat. Minun jalkapohjani menivät rikki kun pelasin isän kanssa jalkapalloa ilman kenkiä kovalla maalla.

Muistan vuoden 1995, kun pääsin Messukylän ala-asteelle kouluun, jota kesti kuusi vuotta. Kuusi ihaninta, suloisinta vuotta koskaan. Ikävä sinne on kova. Ehkä taivaassa. Kerron sinulle, Riitta, miten kävelin sinne kerran Hervannasta, kaksi viikkoa sitten, ja huomasin että lapsia oli siellä tosi vähän, verrattuna vuosiin 1995-2001. Minussa heräsi ihania muistoja kun kävin siellä taas.

Outi sytyttää tupakan. Hän oppi sen jo varhain. Ei hän halunnut eikä häntä kiinnostanut ikinä tupakanpolton lopettaminen. Niinkuin minua. Kerron Helsingin nuorekkaista baarireissuista jolloin portsari ei ymmärtänyt miksi olin niin hiljainen. Tämä tapahtui vuonna 2009. Sitten kävimme rokkikeikalla emmekä nähneet mitään, samana vuonna 2009. Mutta musiikki oli hyvää, energistä ja elinvoimaista rokkia. Ilta oli ihanan sekava. Outi on lyhythiuksinen, suuren arven koristaessa hänen poskeaan. Tunnen häntä kohtaan suurta ihailua sillä hän on ollut koko elämänsä vaikeissa töissä, jotka ovat vieneet häneltä voimia. Hän on koskettava nainen, jolla on koskettava yksinäisyys. Ja hänellä on myös hieno huumorintaju, vähän junttimainen mutta silti mukava ja naurattava.

Minä rakastan itseäni. Minä rakastan elämääni. Koen taivaallista tunnetta ihan vain eläessäni. Minä en tarvitse aina niin paljon muuta.

Ja me hiljennymme verannalle. Outi kertoo vitsin. Minä mietin lausuisinko runon samoin kuin eilen kun yksi isomahainen, karvainen mies tuli lausumaan ja meillä oli hauskaa. Ehkä soitan kitaraa, akustista kitaraa tai banjoa.

KÄVYN KIRJA

Kävelen maanalaista käytävää jossain päin Tamperetta ja samaan aikaan ajattelen
toimintakeskus Kävyn elämää. Käpy jakaantuu nyt kahteen eri aikajaksoon eli siihen mitä
minä kävin Tammelassa ja siihen mihin he muuttivat eli kahden kilometrin päähän lähelle
Kalevan kirkkoa. Tällä hetkellä yhteisö on elänyt siis 15 vuotta. Ajattele miten paljon elämää.
Jokainen päivä on ollut värikäs, täynnä elämää, arjen pieniä koomisia kommelluksia.

Muistan yhteisökokouksen joka maanantaisin kun me päätimme ketkä tekevät viikon ruoat ja
mitä ruokaa teemme. Monesti katsoimme elokuvaa, jonka joku meistä haki viereisestä
videovuokraamosta. Nyt ei ole videovuokraamoitakaan Suomessa enää. Muistan
musiikkiryhmän, joka oli kuin levyraati ja siinä kehitimme meidän kykyä sanoa
mielipiteemme jostain asiasta. Muistan myös aikamme pelloilla kun istutimme puita ja kasveja
tunkkaiseen maahan. Puhumattakaan myös lukemattomista muista kokemuksista.

Nyt ajattelen taas sitä elämän paljoutta mitä Kävyssä on nähty ja todistettu. 15 vuotta tekee
4500 päivää (jos ottaa viikonloput pois) ja jos se kerrotaan kuudella tunnilla se tekee 27 000
tuntia. Ja kun nyt olen ollut poissa sieltä en osaa kuvitellakaan miten paljon elämästä jään
paitsi. Silti, en kaipaa Käpyyn myös siksi että haen elokuvakouluun tänä vuonna ja tykkään
olla sitä ennen itsekseni ja auttaen äitiäni joka asuu 20 minuutin päässä kodistani.

Loppujen lopuksi Kävyn aikakausi oli rikkonaista, psykologisesti ahdasta, haurasta, huonon
itsetunnon ja häilyvän moraalin aikakautta. On uskomatonta miten pystyin kohoamaan sen
kautta täysin terveeksi ja moraalisesti lahjomattomaan suuntaan. Tämä uusi aika on
maltillinen, järkevä, viisas. En enää pidä rikkinäisestä elämästä, rikotuista lupauksista, kurjasta
elämästä, joka perustuu pelkkään selviytymiseen. Olen oppinut nauttimaan elämästä ja
nykyinen elämäni on kuin valovuoden päässä entisestä elämästä. Se on ihmeellistä. Ehkä vain
inhosin sitä edellistä aikakautta, joka ei ollut todellista elämää verrattuna tähän mitä minulla
nyt on. Olen myös huojentunut, leppoisa ja vailla huolen häivää. Käpy oli siinäkin mielessä
tämän ajan vastakohta. Kävyn aikana pelkäsin paljon ja sosiaalisuus oli jännittynyttä trilleriä,
joka perustui kauhuun ja leutoon ihmiskammoon.

NIEMEN KIRJA

Tässä kolme kirjoitustani kokemuksistani Pitkäniemen psykiatrisella osastolla. Kävin siellä kaksi kertaa vuonna 2020. Ensimmäinen kirjoitus sijoittuu vuoden 2020 alkupuoleen ja seuraavat kaksi vuoden 2020 loppupuoleen.

Muistoja mielisairaalasta

Eräässä aamuryhmässä kiitin kahta samalla seinänvierustalla istuvaa miestä ystävyydestä. Ja sanoin kolmannesta miehestä että hän on melkein mun ystävä. Miehet nauroivat. Mies vastasi siihen toiselle miehelle että "muista omena."

Nuori strateginen nero sanoi mulle "älä huoli, Joni, me hoidettiin kaikki se netissä." Sitten se sulki silmänsä helpottuneesti ja kuunteli radion lempeää biisiä.

Hänen ystävältä, nuorelta kauniilta arabimieheltä kysyttiin "luotitsä Toniin?" Arabimies pidätteli itkua. Toni on Mikrokosmoksen hahmo mutta tunsin vahvasti että hän tarkoitti juuri sitä hahmoa.

Lisäksi kirjoitin vahingossa Tuulian nimen Tuulian rakkaudelliseen jäähyväiskorttiin ensin ja rustasin sen ja sitten vasta oman nimeni. Tuulia nauroi tupakkakopissa.

Vanhempi strateginen mies sanoi hellästi korona ja iski silmää minulle kun chattaili älypuhelimella.

Näin potentiaalisen jihadistin ihmisenä ja hän avautui heti kun esitin tupakkakopissa miten Trump saattaa valikoida pommituskohteensa golf-mailalla.

Vanhempi naishoitaja kysyi minulta yöllä kun pelkäsin että joku tulee yöllä sinne, "käytätsä mustia sukkia kotona?" ja vinkkasi silmää. Myöhemmin ryhmässä toinen kypsempi nainen usutti minut heiluttamaan mustia crocseja aamuryhmässä.

Pelkäsin ruokailua mutta lopulta hoidin sen viekkaudella. Ennen pelottavinta ruokailua viereisellä penkillä istui mies. Olin vasemmalla. Miehen oikealla puolella oli vanha mies, ystäväni. Kirjoitin tekstiviestiin yhdelle naiselle että vieressäni on kivekset. Mies näki sen. Sitten oikealla oleva mies kysyi mitä jää jälkeen miehille kun naiset ovat menneet pois. Sanoin "moraalintunto." Me nauroimme.

Lisäksi opin mitä tarkoittaa aurinkolasit Bachilla tai Stevie Wonderilla. Se tarkoittaa että jonkun täytyy aina valvoa ja suojella taustalla. Vaikkapa yöllä.

Toinen Pitkäniemen reissu - osasto 1

Pitkäniemessä oli ensimmäisellä osastolla tosi koskettavia hetkiä ja tapasin siellä muun muassa älyllisiä, perussuomalaisia nuoria. Myös kaksi suomenruotsalaista mieshoitajaa olivat hurmaavia. Perussuomalaisilla on mielestäni paras huumori, koska se on niin poliittisesti epäkorrekti, suora ja hiukan vihainen. Suomenruotsalaiset keski-ikäiset mieshoitajat olivat taas elegantteja kuten suomenruotsalaiset yleensäkin ovat. Yksi heistä oli pukeutunut Tappara-takkiin kun paistoi makkaraa meille ulkona ja se oli aika ovela kikka sillä hän oli keskittynyt minuun eniten, kuin olisin taas lapsi. Kun katsoin suomalaisesta jalkapallolupauksesta kertovaa uutisklippiä illalla niin tämä mies katsoi sitä vierelläni kuin vaalien lahjakkuuttani ja tulevaisuuttani. Toinen suomenruotsalaisista hoitajista muistutti millaista kultaa saammekaan vielä nähdä ja odottaa ja osoitti samalla kohti huonettani, jossa oli kirjoitukseni. Hirveän koskettavaa oli myös kun yksi nuorista omisti Rafaelin enkeli-laulun minulle ja nuoresta vihastamme syntyi kahdenkeskisesti käsittämättömän hauskaa ja katkeraa huumoria.

Osasto 6

Pitkäniemi on loistava, pidän tästä paikasta tosi paljon. Tämä osasto on tuntemuksieni mukaan kuin paratiisin rakennelma. Siltä se on tuntunut, tosin vain henkilökohtaisella tasolla sillä täällä on ollut kolmessa viikossa ympärilläni pelkkiä naisia ja se tuntuu todella hienolta ja olen todella kiitollinen. Edellisellä osastolla oli paljon ns. epämääräisiä tyyppejä myös minun lisäkseni. Lahjakkaita, taiteellisia, älyllisiä, ns. varjostettuja. Hervannassa minua varjostettiin ja ympärilläni oli ns. hyvätahtoista valvontaa.

Psykologinen sodankäynti kiinnostaa minua todella paljon maailman inhimillisten epäkohtien sekä ongelmien ratkaisijana. Pitkäniemi on siitä ihana paikka että se on organisoitu todella kauniisti, kaikki pyörii täydellisesti, terveyteen tähtäen, jopa ovelasti, erittäin ovelasti, maagisesti. Minulla on sellainen käsitys että CMX:n Mesmeria kertoo tästä vuodesta ja/tai tästä ajasta ja Yrjänän empatiasta ns. syrjäytyneitä ja kipeitä kohtaan. Täällä on koettu kahdentoista vuoden aikana paranormaaleja ja rakkaudellisia sekä kauniita muistoja ja jännittäviä asioita, Sopimusvuoren Verstas välillä, avohoitopaikkana, 2009-2016. Uskomaton vuosikymmen ja seuraava eli 2020-luku on sitten huikea ja mahtava.

Kiehtovin muisto on ollut se maagisuus, miten ihmiset muistuttavat ihmisiä, joita on tavannut edellisinä vuosina tai joskus jossain. Se on todella mielenkiintoinen asia, johon en ole saanut selitystä ja sekin on todella kiehtovaa ja lisää elämän salaperäistä tuntemusta, mikä on kaunista. Täällä on myös psykologisia kikkoja, jotka ovat todella kiehtovia.

Olen myös rakastunut täällä Tinaan ja kotiin päästyäni haluan katsoa 800 elokuvan kokoelmastani elokuvia, ostaa, lainata ja lukea kirjoja, kuunnella musiikkia, valmistautua sekä pianon soittamiseen ja kaikenlaisiin älyllisiin että rakkaudellisin intohimoihin sekä tupakoinnin lopettamiseen Tinan avulla ja kiinalainen lääketiede ja kiinan kieli kiinnostavat todella paljon. Jostain syystä ymmärrän klassista musiikkia ja espanjaa todella paljon sekä ymmärrän monia intohimoja todella paljon myös. Tina on henkinen nainen ja olen ymmärtänyt henkisyyden merkitystä itseni kehityksessä todella paljon, materialismin kautta tasapainon tuojana. Minua kiinnostaa myös avaruus, kaikki tieteet, taiteet ja uskonto. Mutta ensin täytyy käydä osastolla.

Tämä on tuntunut jonkinlaiselta missiolta, todella kauniilta tehtävältä, joka on ollut miltei välttämätön minua itseäni varten. Naiset parantavat pelkällä olemisellaan, olisivatpa kuinka "kieroja" tai "viekottelevia" tahansa. Ilman tätä sairaalaa en olisi löytänyt Tinaa. Toki mietin yhä monen kohtaloa ja sitä millainen paikka tämä oikeasti on.

Joulu tuntuu todella kauniilta valmistautuessani siihen. Uusi vuosi on myös odotuksen arvoinen. Keväällä on kaunista nähdä miten maailma on muuttunut. Uusi kulta-aika on tulossa, ihmiset tulevat kukoistamaan omilla, itsenäisesti ajatelluilla tavoillaan ja kaikki jättävät toisensa toivottavasti rauhaan ja ihmisiä autetaan ja rakastetaan sillä elämä pidentyy/nuorentuu lähitulevaisuudessa todella merkittävästi, elinikä ynnä muu ja ihmiset saattavat jopa löytää joitakin todella mystisiä, ihania kokemuksia joihin en itse osaa löytää selitystä ja jotka eivät ole itseni päätettävissä sillä en tiedä niistä mitään.

VITUTUKSEN KIRJA

Tämä teksti ei ole tunnelmallista, pehmeätä, harmitonta luettavaa. Kirjoitan instituutioista, yhteisöistä, vitutuksestani ihmisiin. Elämäni on ollut rauhaisaa mutta olen menneisyydessäni joutunut kärsimään ihmisten typeryydestä. Lopulta huomaan omankin osani koko kehityksessäni ja yleensäkin elämän kiertokulussa. Olen itsekin ollut monin paikoin täysi ääliö. Silti, haluan avata sitä mikä minua eniten on vituttanut ihmisissä.

Ihmisillä on tapana tehdä kaikki kaikkein vaikeimman kautta. Ihan tahallaan jonkin vitutuksen takia.

Käpy alkoi sillä kun eräs nuori, kristitty mies otti minut vihollisekseen ilman että olin tehnyt oikeastaan yhtään mitään.

Tämä kristitty mies oli lyhytnäköinen, umpimielinen, katkera ja ylimielinen tapaus. Hän inhosi minua.

Kerran kun protestoin sitä miten Kävyssä ruoan arvostamista käytetään tekosyynä nuorten kontrolloimiseen, niin hänellä oli sanainen arkku valmiina ruokailun jälkeen.

"Kiitos ruoasta," totesi tämä kristitty mies mahdollisimman ylimielisellä ja vastenmielisellä sävyllä.

Kiva miten kristityt osoittavat aina rakkautensa muita ihmisiä kohtaan. Uskovaisethan eivät ikinä valehtelisi tai syrjisi muita.

Toinen tapaus oli se kun julistin ryhmälle että aioin aloittaa kirjoittamaan esikoiskirjaani, jonka aioin lähettää kustantamoihin lähitulevaisuudessa. Ohjaaja Leena hurrasi ja kovaan ääneen juhli sitä. Sitten Leena yllättäen lähti ja keskustelu muuttui kun eräs nuori nainen pääsi puhumaan omia asioitansa. Tämä kristitty sitten kysyi tältä nuorelta naiselta vakavasti kysymyksen mahdollisimman ylimielisellä ja salakavalla tavalla, niin että minun julistukseni näytti typerältä ja naiivilta verrattuna tämän nuoren naisen omaan puhevuoroonsa. Ikäänkuin kristitty ottaisi vakavasti tämän eikä minulla ole oikeutta tulla otetusti vakavasti.

No, myöhemmin kun Kävyssä juhlittiin esikoisteokseni julkaisua, niin ohjaaja Ville tuli kehumaan minua ja sanoi että "mulla tuli oikein kyyneleet silmiin kun luin sitä." Arvatkaapa mitä kristitty teki tämän jälkeen. Nousi ylös tuolistaan eikä tiennyt mihin mennä koska häntä ahdisti ja vitutti niin paljon se että olin kirjoittanut kirjan.

Kristitty voisi tehdä 22 kirjaa perässäni ja katsotaan sitten kumpi on kumpi. Ehkä hän ei vieläkään uskalla ja ehkä hän ei vieläkään pysty katsomaan itseään peiliin.

Muta hänhän sen tietää. Hän tietää paremmin.

Myöhemmin, kun en enää käynyt Kävyssä, niin soitin vuonna 2020 ystävälleni. Hän päätti hyökätä minua vastaan ja julistaa kuinka aikoo kuntoutua minua paremmaksi (kun olin silloin kipeä) ja julistaakseen myös sen että hän ON paljon paremmassa kunnossa kuin minä ja laittoi esimerkiksi kaksi Kävyn nuorta miestä, julistaakseen heidän esimerkillisyyttä suhteessa minuun. Se oli todella julma ja satuttava puhelu.

Ensinnäkin tämä pitkäaikainen ystäväni ei puhelussa puhuakseen tajunnut että HÄN on se syy miksi minun täytyi ylipäätään vertailla aina molempien vointia ja sanoa kevyesti että "on mullakin jotain noita ongelmia" vaikka tiesin jo silloin että olen kuntoutunut enemmän kuin hän. Ystäväni oli ITSE se henkilö joka oli jäänyt kuntoutusajatteluun kiinni. Ystäväni oli ITSE se henkilö jolla on oli aina jokin psykologinen ongelma, jolloin häneen ei tepsinyt mikään neuvo tai keino. En edes tiedä miten ex-ystäväni on kuntoutunut viimeisen kymmenen vuoden aikana. Silti, hän uskoo, uskoo joku päivä kuntoutuvansa vaikkei myönnä valehtelevansa itselleen.

Itse olen kirjoittanut 22 kirjaa, aion hakea elokuvakouluun ja olen hirveän onnellinen ja unirytmini on hyvä. Olen myös seesteinen ja hellä ja tunnen itseni vapaaksi ja minulla on paljon erilaisia tunteita. Neuvot eivät päde minuun koska olen niiden yläpuolella. En erityisemmin tarvitse niitä.

Ystäväni ja ne kaksi muuta esimerkillistä miestä voivat tehdä saman perässä.

Ja silti HÄN oli se joka hyökkäsi MINUA vastaan jostain tuntemattomasta, primitiivisestä syystä SILLÄ että MINÄ olen aina ollut huono kuntoutumaan.

Se puhelu tuntui hirveältä selkäänpuukottamiselta.

Hän myös todisti puhelullaan sen että Käpy on paitsi eriarvoistava paikka kuin myös satuttava paikka. Samalla kun hän syytti taas MINUA siitä että minä olen protestoinut Kävyssä tapahtunutta satuttamista minua kohtaan.

Mutta hänhän sen tietää. Hän tietää paremmin.

NAUTINTOJEN KIRJA

Pidän eniten onnellisista ja intohimoisista vapausihmisistä, jotka ymmärtävät toisen nautintoja ja intohimoja, eivätkä halua kieltää kaikkea.

Juon joka päivä 6-8 tölkkiä Coca Colaa, joskus juon myös vähän mehuja. Pidän tästä nautinnosta enkä halua ikinä luopua siitä.

Jos joku sanoisi että "oletko coca cola-miehiä?" niin vastaisin innokkaasti että olen. Riippuvuudet ovat jossain mielessä hienoja asioita, kunhan riippuvuuden pitää hallinassa ja se tuottaa harmitonta iloa. Nautinnot yhdistävät ihmisiä, kiellot eivät.

Minua inhottaa puhe, jossa elämän mielekkyyttä ja nautintoja halutaan kieltää. Tupakka on täysin legitiimi nautinto. Tupakoinnin vastustajat ovat niitä samoja ihmisiä, jotka eivät halua että kaupoissa olisi niin paljon tavaraa, vaikka vaihtoehdot lisäävät hyvinvointia. Jos haluaa että colaa tai siideriä tai olutta myytäisiin vain yhtä laatua, ilman etikettä, niin se muistuttaa häiritsevästi jonkin kommunistisen maan markettia. Silti, yhtä käsittämätöntä kuin että Pentti Linkolan fasismilla on niin paljon ihailijoita, on yhtä käsittämätöntä miten monet ihmiset varoittavat nautinnoista, halveksuen paheita ja vapauksia, ollen kaikella tavalla niukkuudessaan ylimielisiä ihmisiä. Joskus tuntuu että ihmiset vihaavat sitä mikä on hyvää ja ihailevat sitä mikä on niukkaa ja tylsää. Nämä ovat niitä samoja ihmisiä, jotka yrittävät aina kieltää asioita ja kontrolloida ihmisiä.

Muistan kun myin saksofonini eräälle miehelle ja antaessani saksofonin hänelle laitoin mukaan myös pari Coltranen levyä kaupan päällisiksi. Tämä nuori, viaton ja hippimäinen mies ilahtui suunnattomasti ja löimme nyrkkejä yhteen. Se tuntui tosi ihanalta ja tämä mies hymyili katsoessaan Coltranen levyjä samalla kun kantoi saksofonia laukussa kävellen pois päin asunnostani.

Tuo on esimerkki siitä kun nautinto yhdistää. Se voi olla vaikkapa elokuva, cd-levy, kirja tai suklaalevy tai sitten vaikkapa uusi reppu, jonka on juuri ostanut. Siksi ihmisille annetaan joululahjoja. Koska ilman joululahjojen antamista, ihmset eivät saa jouluna yhtäkään lahjaa. Lahjattomuus on paljon huonompi vaihtoehto.

Joten juhlikaamme materialismia, nautintoja ja kuluttamista. Se on paljon parempi vaihtoehto kuin se että kaikki elävät jatkuvassa niukkuudessa.

arkadi. olen ajatellut ihmisiä pylväinä, ihmisnaapurustoa pylvässarjana, olemme reliikkejä jostain suuremmasta, mielenkiintomme kohteet, kiintymyksemme, se mitä arvostamme, usein ajattelen meitä pylväinä elämän pyhässä valkoisessa marmorissa, ihmiset ovat pyhiä, syntyminen on pyhä, elämä pyhää, kuolema pyhää.

usein ajattelen että ihmiset muistuttavat niitä ihmisiä, joita he ihailevat, jotka ovat heidän suurimpia idoleita, eräs mies rakasti sami hedbergiä ja conan o'brieniä, nykyään conan o'brien näyttää podcastissa ihan samalta kuin hän ja hedberg on jo pitkään näyttänyt samalta kuin hän, ja sitten on eräs toinen mies joka ihailee freddie mercuryä ja totesi kerran puistossa istuessamme koko ryhmä, että sellaista laulajaa ei ikinä tule (mielipide jonka en halua olla totta) ja hänkin muistutti freddie mercuryä live aid-konsertissa, sama isällisyys ja henkisyys ja avoimuus. piirteissä.

en ikinä kyllästy elämään, paljon on vielä koettavaa. vaikka sijaitsen 2020-luvussa, niin olen osa suurempaa. tunnen näkymättömyyden olevan ihanaa. kukaan ei tiedä mitä teen tai mitä minulle kuuluu. se on todella rauhoittava, addiktoiva tunne, joka tulee luonnostaan.

nykymaailmassa on parasta hyvinvointi ja kauneus ja ihmisten hyvyys ja onnellisuus. olen ikäänkuin jossain kivassa ajan lokerikossa. Aika oli ennen yksinkertainen asia. Nykyään tapahtuu niin paljon erilaisia asioita että olemme kuin yhdessä todella isossa televisiossa/internetissä, jossa on erilaisia jaksoja ja osastoja miljoonittain. maailmassa on nykyään onko kahdeksan miljardia ihmistä. Facebook ja netti on yhdistänyt ihmisiä hirveästi. Nykyään ulkomaalainen, melkein kuka tahansa, voi nauttia suomalaisesta musiikista vain napinpainalluksella, eivät tietenkään kaikki. Suomi on kuin arkeologinen fakta ja suomalainen musiikki, siitä riittää tutkittavaa tuleville netin arkeologeille. Suomen kieli, osaan sen, tunnen tästä ylpeyttä. Jos olisin amerikkalainen osaisin vain englantia. Osaan suomea sekä englantia ja se suomen kieli tuntuu yllättävältä rikkaudelta, joka on niin sanotusti omaa. Siihen eivät monet pysty, siihen minkä äidinkielen olen saanut äidinmaidossani.

me olemme siis pylväitä, tämä tajunnanvirta kuvatkoon sitä myös. ihmisissä on jotain pyhää ja he kaikki tuovat jotain kaunista rauhalliseen arkeen, jos se on turvallista. pidän pyhistä tunteista. elämä on myös kuin elokuva, jossa ei tiedä mitä tapahtuu. ainakin silloin kun se on hyvää elämää.

en halua enää kirjoittaa kauneudesta. olen takki tyhjä. haluan sanoa vain sen että tästä kirjoituksesta tulisi hyvä elokuva.

arkadi. olen siis ajatellut ihmisiä pylväinä, pyhinä, kallisarvoisina pylväinä.